君とスキップ、猿にチョップ

Kimi to Sukippu Saru ni choppu

河村ヒロシ
Hiroshi Kawamura

文芸社

この詩集をジョン・レノンとウォルト・ディズニー、そしてそれにも負けない二人の妖精に捧げます

とりあえず……

人は彼女を馬鹿な女だと言う
確かにそうかもしれない
だからどうだっていうんだ!!

北極星

あの日、確かに
立川のアパートの二階には
北極星があって
それは君の家の灯り

群馬

あの娘が群馬で生まれたってだけで
僕はどう仕様もなく群馬を好きになった
今日、前橋では三十五度の猛暑
今日、前橋では一日中の汗ばむ陽気

あの娘が群馬で生まれたってだけさ
あの娘が群馬で生まれたってだけさ

ジョン・レノンへ

ごぶさたしてます

『随分、遠くにいたんですがね
最近、帰って来れたんですよ
僕もまた、愛と平和を歌います
僕の職業はジョン・レノン
愛と平和の歌うたい
ビタ一文稼ぎゃしませんが……』

二〇二〇年版
将来なりたい職業

一位　大工さん
二位　公務員
三位　サッカー選手
…………
十五位　ジョン・レノン

バイバイ

あの娘のバイバイって言い方が
たまらなく可愛いから
僕は何度だってバイバイしたい

そう断言する

アンパンとカステラには
牛乳だと
そう断言する

もしかしたら……

もしかしたらコイツは
妖精かもしれない
そう思ったら誰の事も
下手にあつかえない
というわけで僕は二十二年間
そんな風に生きている

懲役三年

君が笑ってくれるなら
懲役三年も厭わないぜ!!

毎朝五時起き？

君が笑ってくれるなら
毎日五時起きも厭わないぜ!!
ただ、朝のとは断言しない
僕を許して
夕方の五時かも？

友へ、少女へ、
そしてすべての人へ

君がいつも笑顔であります様に……

お皿に残ったもの

食べ放題だからって
君の皿には随分残ってる
損したくない気持ちで
君は損をする
いやしいのはやだね……
もう、食べないの?
そのまま、捨てちゃうんだ
そのまま、捨てられてしまうんだ
僕は構わないけどさ
それ、君の幸せだよ
また、ちょっと無駄にしてる……

しげしげと見つめて

君の顔をしげしげと見つめて
何か、うさぎみたいだ……

君の名前

昨日まで何でもなかった名前が
今日の日には特別になっている
そう偶然
君の名前だったから
今時珍しいくらい
ありきたりな名前
あてられた漢字だって
携帯に登録しようとすると

一番初めに出て来るくらい
都合がいいな僕は‥‥
何ていい名前なんだって
たった一日で
しみじみ思っているんだから

夜空より夜道に

夜空に星が一杯出とるより
夜道に君が一人いる方がずっと嬉しい

ありがとう
夜道に君が一人……

一年三組

窓の所で彼女が揺れていて
僕の心も今、揺れている

いつでも……

心を込めて
「愛してる。」
って言える様に
心を込めんでも
「愛してる。」
って言えるけれど、
別に
「愛してる。」
って言わんでも
君に言う言葉には
すべて心を込めとる

優しい歌　(La Bonne Chanson)

ふくろうが鳴いている
モルタルの壁に染み付いた陰陽を
ロールシャッハテストみたいに
見つめながら

遠いのか？　近いのか？
そんな事は、まったく
見当も付かないけれど
ふくろうが鳴いている
優しい歌を歌っている

何人かの友達に聞いたんだ
僕はふくろう？
それとも、こうもり？
みんな、ふくろうだって言った
そう、一人残らず
僕はふくろうだってさ

僕の声音も
何処かで誰かに届けばいい

ねぇ、ふくろう
明日は台風らしいよ
十分、気を付けて

何人かの友達に聞いたんだ

僕はマッチ？
それとも、ライター？
みんな、マッチだって言った
そう、一人残らず
僕はマッチだってさ

擦り減っていくから？
身を焦がしているから？
一瞬の炎は、優しい灯ですか？

ねぇ、マッチ
明日は台風らしいよ
台風なんかに消されぬ炎、
点けてやろうや

僕は夕凪？

それとも、朝焼け?

僕は嘘吐き?
それとも、正直者?

ためいき

「フゥ――――――――――――――――――ッ!!」

ロイヤルミルクティー

ただの紅茶に
牛乳入れたら
大層な名前になるらしい
ロイヤルミルクティー
ロイヤルミルクティーさ

君の名前Ⅱ

君の名前を３回書いて
君の名前を３回消した
君の名前がしてくれる
僕を幸せにしてくれる
君の親に感謝する
君の名前を書いている

真上の空

真上の空を見た
本当に真上の空を見た
あんまり気持ちが良いもんで
ついつい真上の空を見た
いつもと同じ空だけど
本当に真上の空だった

ＯＦＦ

電灯の紐に
ぶら下げた
マイクで歌った君の歌
マイクがオフになっていて
僕の気持ちも
今日はオフ

妖精の時間

何かを見つめる度
時間さえ追い越してしまう
夜は脂粉を塗りたくったまま眠りこけ
僕が口を開こうにも
人々は停止してしまった

STOP!!

髭のコンビニ店員は相変わらず不機嫌
洗面所の豆球は悪戯に身を燻らせる

時間を持て余してしまい
どう仕様もなくしていると
ポツリポツリと夕立ちみたいに
言葉が浮かんでは消える

アレルッキーノが踊り出す

どうやら言葉の国へは
妖精しか入れないらしい
追い越してしまった時間の分だけ

僕はそこへ入る事を許され
気が付けば萌木色の雫に
現実に引き戻された

ON!!

人々は動いている　僕も動いている
同じ歩調で……　嬉しい
電車に乗っている

ついさっきまで僕が妖精だった事を
どれくらいの人が知っているんだろう
僕はそんな現実に耐え切れず
ニヤニヤとしている
吊革に掴まったサラリーマンが
僕を怪訝そうに見ている

まったく!!
僕はさっきまで妖精だったんだぞ!!

時折、妖精と目が合う
彼女もきっと時間を
追い越してしまったんだろう
妖精の時間だ

彼女はラベンダーのシャツを着ていた

ロード・オーシュへ

今すぐ、そっちへ行くぜ!!
僕は便器に顔をつっこむ!!
すべての水をあまさず飲み干す!!

正解

彼女が笑ってくれれば
それが僕の正解!!

くもりがちな日に

可愛い長靴があったら
君にあげるよ
空から黒い羽が降ってきたら
それも君にあげるよ
一面の真っ白いシーツ
茶色いサドルの自転車
ちっちゃな羊のブローチ
全部君にあげるよ
全部君にね

立ちこぎ

いつかこの坂道を
立ちこぎで登り切れたら
僕は大人になれるかなぁ
目一杯の助走をつけて
目一杯の気持ちを込めて
いつかこの坂道を
立ちこぎで登り切れても
僕は変わらずにいられるかなぁ

なでしこの花

今、僕の家には
小さななでしこの花が咲いていて
それはちなみに百円だった
今、僕の家には
小さななでしこの花が咲いていて
どう仕様もなく愛しく
見つめているわけです

えこひいき

えこひいきが好きだ
するのもいいし
されるのもいい

フラクタル

どう仕様もない夜に
毎日が壊れていて
今日の支点は何処だ?
拙い指先一つで
その動きを止めてしまいたい
ブルガリアのホモが笑顔をふりまく
僕が好きらしい

さっきまでのメロディを運んだ
ギターのシールドが僕を縛っている
さっきまで、この夜を支えた
ギターのシールドが僕の体を締め付ける
夜に犯される
ブルガリアのホモか？
痛いのは止してくれ
そういうのはうんざりなんだ!!
痛いのは止してくれ
僕はまだ永遠を知らない

適いません！　あなたには……

右足でうんこを踏んづけた
チャカこと坂本君は
「ワァッ!!」
と、驚いて飛び上がり
もう片方の足でも
うんこ踏みつけた
チャカの両足にうんこ
今、チャカは両足にうんこつけとる
リトルミラクル!!
適いません！　あなたには……

僕と君と月曜日の朝刊

夕べと今朝の間で
人はあまねく真実を探している
本当らしいもので世界は溢れる
幸せそうな新婚夫婦が
排卵日めがけて意味深なＳＥＸ!!

スポーツ新聞の見出しは
日付け以外はすべて嘘!!
夕べと今朝の間で
三つの真実が蠢いているんだ
僕と君と月曜日の朝刊
卵の黄身と白身の関係は
夕べと今朝に挟まれたパンの耳
何でもあるが何もない
どうにかなるさ

東京フラヌール

$\frac{1}{3}$のパラフレーズ
檸檬は相変わらず酸っぱい
融通がきかない

象が踏んでも壊れない筆箱？
必死だね彼も
僕も頑張ろう

ベルリン　東京　モスクワ

缶ビール　ベスパ　趣味の良いカーテン

三又の鉾を熟女のカルデサックに串刺し
重くて持ち上がんないね多分
せめて蛙の開きで
どことなく似てる

蛙　熟女　ベートーヴェン
田園　おたまじゃくし

おたまじゃくし？
蛙に注入
はたまた挿入
それは無理!!
出来るさ君なら

自分を信じて
お湯を沸かして

六月の金魚

雨かと思ったが
自分のくわえた煙草が
ジリジリと擦り減っていく音だった

幸い外はくもりだったし
二日も閉じる事を許されなかった眼《まなこ》に
あまりに、けむりがしみてしまうから
僕は瞼を閉じていった

鳥達が急いでいる
羽を湿らせぬ様、
小暗き梢の袂にでも
逃げ込もうとしている

風がそよいでいる

花が憂いている

一層、激しく煙草を吸い込んだ
時折、電車の通り過ぎる音に
掻き消されてしまうけれど
隣りの家の箒のゴミを集める音が
忙しなく続くけれど
雨は、どう仕様もなく続いている

何本目の煙草だろう？
僕は火を点ける事さえ忘れていた

それでも、相変わらず
ミシシッピ川を泳ぎ切る
金魚の胸はすいていたけれど

ジリジリと音がする
本当に雨が降りだしたらしい……

日常はカフェ・オレ

一人になりたいと
色んな所へ行ったけど
とっくに僕は一人で
早々とそれに気付いた僕は
下りの電車に乗り
ちょっと立ち読みなどしながら
五時前には家に着いた
僕は汗をたっぷり吸い込んだ

Tシャツを脱ぎ
新しいTシャツに袖を通した
茶色　ベージュ
ペールグリーン　サックスブルー
紫に白、色はいつも一人だ
鏡に映った自分は髪の毛を触りながら
顔ばかり見つめてる
それってシュプレヒコール？
髪の毛はいつも隠れ蓑
何にも変わりはしないのさ
目線はいつも顔

三人のまりちゃん

僕の周りには三人のまりちゃんがいて
一人は好きなまりちゃん
一人は普通のまりちゃん
一人はあまり好きでないまりちゃん
でも、ここで呼びかけるのは
勿論、好きなまりちゃん
「まりちゃん、お元気ですか?」
「元気に決まってるよね。」
「何せ君は高校皆勤賞!!」
「僕とは大違い。」

「でも、無理はしないで。」

「君が元気でないと困る。」

「君がいつも笑顔であります様に。」

今、彼女は……

お月さんでモチついとる

手紙

夢を食べるバクみたいに
悲しみを食べる動物がいたら
きっともうお腹一杯だね

なぁ、もう疲れたやろ
食っても食っても悲しみは減らへん

見た事もないお前に
いるのかもわからんお前に
僕は本気で話しかけている

あながち嘘じゃないんだ
僕は詩集を出す
読んでくれるかい?

サヨナラ

少し重くなったプールバッグに
引きずられるみたいにして
列になって帰った
ありんこみたいに
そんな頃もあったっけ

細い路地裏の工事中の道の
赤土に手を汚しながら近道した
何かいつでも
笑ってた気がするなぁ

長い西日が落ちるまで話をしよう
いつもよりくだらない事

僕等の影が消えるまで隠れていよう
二人だけでサヨナラしよう

君からもらった小さなアメ玉
溶かしきれぬまま
アスファルトに吐き出した

明日の午後には君と共に消えるだろう
二人だけでサヨナラした

愛してる

限りなくよりえげつなく
死ぬ程よりも死んでも好きだ
朝からカレー三十杯食うくらいの
気概で君を愛してる僕は
ソフランCより柔らか仕立てで
君を抱きしめたいと思ってる

例えば白いモヘアの下にも

おっぱいがある……

腐れ坊主の伝説2

「修行だ!!」
と、トキタカは
仲間達にパンツをぬぐ事を命じ
男四人はフルチンで隣り町まで
うさぎ飛びをした
行き交う人に笑われながら
彼等は地球の平和を守るため
強くならねばと思っていた
彼等はいつの日か
カメハメ波を打てると信じていた
その中に
NO．８こと腐れ坊主もいたとの噂……

サボテン

君のふくよかな太股に
薄紅の花弁を散りばめてしまったら
どんなに美しい？

君の顔はねじれている
それでも十分、綺麗だけどさ
柔らかいものが好きなのさ
そうだろ？

君は柔らかいものが好きなのさ
僕は頑《かたくな》
寛大な人になるようにって
父さんは名前を付けてくれたけど
僕は頑

君の好みじゃない?
君の顔はねじれている
それでも十分、綺麗だけどさ

優しいって言われるよ
嫌いな人なんていやしない
好きになるにも疲れたくらい

僕は頑

君の好みじゃない？

新しい形
それって斬新！
新しさに意味なんてないけど
話の種にくらいなるから

君は柔らかいものが好きなのさ
噛み合わせは悪くない？
過ちは犯さない？

僕の歯は結構、綺麗だけどさ
我慢出来ない性格なのさ

なぁ、二時までに僕の家をノックする？

早くしなきゃ
僕の家はサボテンで一杯になっちまう

君の顔はねじれている
それでも十分、綺麗だけどさ

君のふくよかな太股に
薄紅の花弁を散りばめてしまったら
どんなに美しい？

太陽の正体

ほら、また飽きもせず
いつものパターンを辿る
確かに君は巨大だけどさ、
イマジネーションはやや欠けている

日本語で君、太陽なんて言うんだけどさ、
お日様なんて言うんだけどね、
日曜日って休日なんだよ
怠け者だと思われてない？

ほら、君ってもっと偉いと思ってた

ムルソーに罪をなすりつけられても
ちっとも弁解しないから
弁解って既に敗北だからさ
君は勝者だと思っていたのに

君はあまりにも熱いんだから、
鉄錠だって溶かしてしまう
捕まらないって知っていたんだろう？
それってずるくない？
それってずるいと思うんだけど……

君って自由なふりしてるだけで
誰かにレールを敷かれてないかい？
君って自由なふりしてるだけで
誰かにレールを敷かれてないかい？

白菜

君が笑ってくれるなら
鍋パーティで
ひたすら、白菜だけを食うぜ!!

腐れ坊主の伝説3

十七にしてＮＯ．８こと腐れ坊主は
カレーのスパイスを調合してたらしい
クミン、コリアンダー、ターメリック
レモングラスｅｔｃ……
それに、ちょっぴり
愛を込めて……

世界で一番必死に
ハイチュウを噛んでいる

しゃかりきにハイチュウを噛んでいた
そう、そんなに焦ったって
何も変わりはしないのに

濃すぎる!!

こんなに必死に舐めて噛んでいては
ハイチュウの味はあまりに濃すぎる

そう、きっと
こんなに必死に食べられる事を
考えてつくられてはいないのだ

どうやら今
僕のいる場所では
卒業式の真っ只中

僕は必死にハイチュウを噛んでいる
世界で一番必死にハイチュウを噛んでいる

四六時中、三日月に……

四六時中、君を好きだって気持ちを
四六時中、君に伝えたくて
僕はこの気持ちを三日月に
ぶら下げてみる事にしたんだ
こっそりと寝る前に見ておくれ
何度もベランダから身を乗り出しておくれ

それで眠れなくなったって
そこまで僕は面倒見れない
それどころか君の四六時中を
僕にしたいと思っているんだ
ところで何故、三日月かっていうとね
満月はやっぱりまんまるで
引っ掛ける所がなかったんだ
四六時中、三日月に
君を好きだとぶら下げとくから

カナリヤ

歌を忘れたカナリヤが
まばたきした

何を思ってるんだろう？

多分ね、君の事好きなんだって思う
多分ね、君の事好きなんだって想う

コンクリートが
固まってしまう前に

朝が夜を追い越す度
また何もない一日に飲み込まれて
昨日のままの僕
また乗り遅れる

金曜の夜、11時の電話
僕はやり過ごす

どう仕様もない僕しか家にいないから

くちづけをしよう

コンクリートが固まってしまう前に
くちづけをしよう

抜け出せなくなる前に
とっとと逃げちまおう

コンクリートが固まってしまう前に……

また、開かれるページで…

君の寄りかかる柱となって
君を眠らせる音色となろう

君の打ちよせる浜辺になって
君の漕ぎ出す帆船となりましょう

やがて、新しい朝が来て
君が目を覚ましたなら

郵便はがき

恐縮ですが
切手を貼っ
てお出しく
ださい

1600022

東京都新宿区
新宿1－10－1
(株) 文芸社
ご愛読者カード係行

書名			
お買上 書店名	都道府県　　市区郡　　書店		
ふりがな お名前		大正 昭和 平成　　年生　　歳	
ふりがな ご住所	□□□-□□□□	性別 男・女	
お電話 番号	(書籍ご注文の際に必要です)	ご職業	
お買い求めの動機 1. 書店店頭で見て　2. 小社の目録を見て　3. 人にすすめられて 4. 新聞広告、雑誌記事、書評を見て(新聞、雑誌名　　)			
上の質問に1.と答えられた方の直接的な動機 1. タイトル　2. 著者　3. 目次　4. カバーデザイン　5. 帯　6. その他(　　)			
ご購読新聞　　新聞	ご購読雑誌		

文芸社の本をお買い求めいただき誠にありがとうございます。

この愛読者カードは今後の小社出版の企画およびイベント等の資料として役立たせていただきます。

本書についてのご意見、ご感想をお聞かせください。
① 内容について
② カバー、タイトルについて
今後、とりあげてほしいテーマを掲げてください。
最近読んでおもしろかった本と、その理由をお聞かせください。
ご自分の研究成果やお考えを出版してみたいというお気持ちはありますか。 ある　　ない　　内容・テーマ（　　　　）
「ある」場合、小社から出版のご案内を希望されますか。 する　　しない

ご協力ありがとうございました。


〈ブックサービスのご案内〉

小社書籍の直接販売を料金着払いの宅急便サービスにて承っております。ご購入希望がございましたら下の欄に書名と冊数をお書きの上ご返送ください。（送料１回210円）

ご注文書名	冊数	ご注文書名	冊数
	冊		冊
	冊		冊

もう、僕は見えない
ニーベルングの指輪を君に残したまま

さよならは淋しいものですか？
言い訳は悲しいものですか？
真実は美しいものですか？

僕は立ち止まり、
歌となりました
もう、誰にも聴かれる事のない

僕は風となりました
もう、君の香りを運ぶ事もない

君は疑わずに
生きていけばいいのです

それさえ守れば幸せですから
君を映し出す泉となって
君の振り返る言葉となろう

ベンジャミンで作った本のしおり
また、開かれるページで君を待つ僕

失われた時と
ゼリー状の球体に包まれた
浮遊する約束

僕等の間に何か、
揺らがぬものなどあっただろうか？
また、開かれるページで君を待つ僕

昨日、サラエヴォに
主語を埋めて来た

昨日、サラエヴォに主語を埋めて来た

地下、三百メートル
誰に踏まれる事もなく
爆破出来なかった玩弄物は……

未来人によって掘り起こされ
無口なアンモナイトの化石みたいに
博物館に飾られるかもしれない

(昔々、地上にはこんな生物が存在していたのです。)

それとも、価値の干潟に
見知らぬ主語をついばんだムツゴロウが
冗舌に進化を遂げ、
別の世界を創るかもしれない
(禁断の果実は本当は主語だった?)

○○は神様?

昨日、サラエヴォに主語を埋めて来た
(あいつ、俺に噛み付いてきやがった!!)
(反駁《はんばく》!!　この漢字を使ってみたかったんだ….)

それとも世界は、このまま
ダラダラと続いていくのかもしれない….

マラルメの純粋詩から
主語さえも奪ってしまったら？

そんなのは愚問？

世界はこのまま、ダラダラと
続いていくのかもしれない……

休憩

雲のキャンバス

雲を集めて真っ白い
キャンバスをつくろう
そしたら迷わず
君の顔を描くから

雲を集めた真っ白いキャンバスに
君の顔を描くけど
あまり似てないから
風を集めて

吹き飛ばしてしまおう

雲を集めた真っ白いキャンバスに
いつか綺麗な君を描けたら

僕はいつだって
空を見上げて
下なんて向かずに歩いていける
もう下なんて向かないからね

雲を集めた真っ白いキャンバスに
いつか綺麗な君を描けたら
僕はいつだって
空を見上げて……

君と夏とフルーツ

僕は君と夏とフルーツが好きだ
けれども決して、君と夏にフルーツが
食べたいって訳じゃない
だってスイカは野菜らしいから
だってスイカは野菜らしいから

風船ごっこ

キスしてる時、
ふと、君の顔を見たら
君のまんまるな顔が
風船みたいだと思ったので
「プーッ」
と、息入れたら
君も負けじと

「プーッ」
と息入れ返してきた
お互い、ほっぺまんまるにして
顔が真っ赤や
風船ごっこ
これ、おもしろいな
定番になりそな勢い

腐れ坊主の伝説４

警棒ごっこでアパートの階段に
追い込まれたＮＯ．８こと腐れ坊主と
トキタカは、もう終わりの筈だった
しかし、トキタカは
あえなく掴まった腐れ坊主を尻目に
階段を駆け上がり
アパートの五階から飛び下りたのだ

トキタカは無事!!
トキタカは無傷!!
トキタカはその日から
ヒーローになった
空を飛ぶトキタカを
現場で見たのは彼一人……
腐れ坊主は奇跡を見た男

笑わな負けよ
　あっぷっぷ!!

「笑ったら負けよ
　あっぷっぷ!!」
なんて、ほんま冗談じゃない
笑うの堪えてどうするつもり?
一番大事な事なのに
一番素敵な表情なのに
笑ったら負けよ
なんて、ゲームでも

言ったらあかん!!
世の中、我慢せにゃいけん事も
一杯あるけどね
やっぱ、そこじゃないじゃない
笑うの我慢したら絶対あかん!!
一杯一杯笑っていこうや

地位とか金とか名誉じゃなくて
笑ってる奴が人生勝ちやん
いくらお偉いさんでもな
下向いて難しい顔してたら
そりゃあ、人生負けやぞ!!
だから、みんなで
「笑わな負けよ
あっぷっぷ!!」
一杯一杯笑っていこうや

手段でなく目的としての職業

マーク・チャップマンがレノンに
銃口を向けた時
レノンは夜空の星じゃなく
一つの不思議な職業になった

それは「とらばーゆ」なんかに
載っちゃいないし
職安でだって紹介してくれない

でもね、今すぐなれたりもするんだよ
てかね、もうなってたりもするんだよ

心の持ちよう一つでね
誰でもレノンになれるんだ

本気で誰かを愛す事
本気で平和を祈る事

ねぇ、君はもうレノン？

わくわくしないか？

公務員でもジョン・レノン
日本人でもジョン・レノン
頭悪くてもジョン・レノン

三歳児だってジョン・レノン
口臭かってもジョン・レノン
名前がポールでもジョン・レノン

本気で誰かを愛せばね
本気で平和を祈ればね

誰だってレノンになれるんだ

わくわくしないか？

ねぇ、きみはもうレノン？

自分らしさ

逃げてもいいさ
それが君らしいならね
戦ってみてもいいさ
それが君らしいならね

僕は今日戦ってみる事にする
僕らしくなんかないけど
今日の僕らしさはあまり好きじゃない

少し背伸びするんだ
明日の自分らしさのために

現象学

メルロ・ポンティのパンティに
興味ある人、手を挙げて
「はい、三人!!」

ソフトクリーム

君とソフトクリーム食べたい
しかも毎日やぞ!!

腐れ坊主の伝説5

いつも遅刻ばかりの
ＮＯ．８こと腐れ坊主は
学校に間に合う時間に
起きてしまった事に逆に戸惑い
生地から、せっせとアンパンを作った
いつもの様に昼休みに
学校に辿り着いた彼の手には
焼き立てのアンパンの山があったらしい
腐れ坊主の自家製アンパンは
勿論、即完売!!

自力本願

「明日がいい日でありますように!!」
他人任せに祈って眠る前、
動けなくなるまで、前へ行こうか
そしたら、祈る暇なんてなくて
グッスリ眠ってしまうだろうから

「明日がいい日でありますように!!」

他人任せに祈って眠る前

動けなくなるまで、前へ行こうぜ!!
そしたら、幸せって
案外、目の前にいたりするよ

辿り着いたんだ
真っ暗で、見えなかったけどね
君は幸せの上で
グーグー、いびきだってかいていたんだ
幸せの上で、逆立ちだって出来るんだぜ
君が本気で望めばね

「明日がいい日であります様に!!」
他人任せに祈って眠る前、
動けなくなるまで、前へ行こうか

般若心経

君が笑ってくれるなら
般若心経、二十七回だって
写経するぜ!!

シニカル

僕が彼女に送った花は
着いた日には枯れていたらしい
悪いのは僕？
それとも花屋？
もしかしたら君？

仮説

この娘は、天使じゃないかと
一つ仮説を立ててみた

レーゾン・デェートゥル

僕の好きな子は
どうやら、キティちゃんよりも
ミッフィーが好きな事が多く
そこには宇宙の謎よりも深い
何かがあるらしい
僕はその謎を全生涯かけて
探ろうと思ってる
それが僕の存在理由!!

好きで好きで

破裂しそう……

あぁ……

もうダメ……

別々の道

友達の一人は証券マン
友達の一人はゴルフのレッスンプロ
友達の一人は建設会社
友達の一人は学校の先生
友達の一人は保険の外交員
友達の一人はプロボクサー
友達の一人は看護婦さん
友達の一人は売れない役者

友達の一人はピアノの先生
友達の一人はアクセサリー職人
友達の一人はまだ学生
友達の一人は夜間のバイト
友達の一人は目的もなく
友達の一人はもう死んだ
そして僕はジョン・レノンになります
僕の職業はジョン・レノン

腐れ坊主の伝説6

「あなたに毎日おはようを言うのが
　楽しみなの。」
と、名前も知らないお婆さんに
NO．８こと腐れ坊主は
野菜の煮物を貰ったらしい……

「おいしかったです。」

鮎

君は鮎より芳しいで

百年の孤独

君は伊香保で僕を潰した
宮崎の焼酎、
百年の孤独より僕を酔わすぜ!!

腐れ坊主の伝説7

どうあがいても
エレガントにはならないと悟った
N O. 8こと腐れ坊主は
もう七年も
バナナを食べてないらしい……

約束は果たしたぜ!!

私も詩集に載りたいって言うから
こうして君の名を呼ぶよ

「えりちゃん、
約束は果たしたぜ!!」

えりちゃん、詩集に登場……

スタイル

スタイルはアフォリズム
スタイルはアホリズム

東証一部上場

君が笑ってくれるなら
東証一部に上場するぜ!!

ピンク

君が笑ってくれるなら
全身ピンクでコーディネイトするぜ!!

毒霧

君が笑ってくれるなら
渋谷のスクランブル交差点で
毒霧吐くぜ!!

関節の鬼

君が笑ってくれるなら
藤原組長のサブミッションにも
タップしないぜ!!

僕ってしつこい？

君が笑ってくれるなら
寝起きで、パジャマのまま
マラソン完走するぜ!!

IMAGINE……

虹のアーチをつなげて
花壇を作ったら、
どんな花を植えてみましょうかね？
どんな歌を歌いましょうかね？
友達一杯、呼びましょうかね？
大好きな人にキスしましょうかね？
争い事はやめましょうかね？
手なんか繋いでみましょうかね？
とっても楽しい気分でしょうね？
ジョン・レノンも遊びに来ますね？
ギターを弾いて歌うでしょうね？
僕等も声を合わせましょうかね？

GIVE PEACE
A CHANCE!!
WAR IS OVER!!
STARTING OVER!!
IMAGINE……

淡い紫の布に包んだら

あの月を
淡い紫の布に包んで
君に届けたら……

僕の気持ちを分かってくれる？

君がどんな形を好きか
僕にはよく分からないから
デパートであれこれ悩むより
あの月をとってこようと思うんだ

僕はしばらく留守にする

あの月を
淡い紫の布に包むんだ

君は月が好き？
毎日、違う形になるんだ
だから、その内
君の好きな形にもなるだろ？

僕はあの月をとってくるよ
淡い紫の布に包むんだ

君は月が好き？

僕は君が好き

あの月を

淡い紫の布に包んで
君に届けたら……
僕の気持ちを分かってくれる？

嬉しい

運命だとか
どう仕様もなくとかでなく、
つい、うっかりって感じで
好きになってくれると
僕は嬉しい

毛玉

ねぇ、その毛玉
君が指でいくら弾いても
また、君にくっついちゃうんだね
そのままにしておこう
きっと君が好きなんだ

ハニカムトイウコト

5月は革命と戦争
11月は僕の誕生日
思えば日々は争いと誕生
どちらも悲鳴のおまけ付き
オギャーとギャー
凄い似てるけど凄い違う

君は悲しみを見たか?

生まれたての赤ん坊は
いつだって泣いてるけど
争いを許してる訳じゃない

急ぐ人は悲しい
道を見失う

君は正しいものを見たか？

臆面なく生きる人々

君は鳥なのか？

罪を落とし、自らを慰める
何も気付かないのか？

ハニカミ笑いながら
人を殺せないという事
愛も憎しみも罪はシリアスな顔をしている

君は美しいものを見たか？

上空から糞を落とす鳥の顔を見たか？

照れ臭そうにハニカんでた
随分、深刻な顔で爆弾を落とすんだね
街は焼けているよ

5月は革命と戦争
11月は僕の誕生日
僕の一番大切な人も11月に生まれて
でも、そんな11月にも悲しい血が流れて
そうじゃない月々にも悲しい嘘があって
僕の誕生日くらい愛に溢れて

君の誕生日もとても良い日で
家族も友達も、そのまた友達の誕生日も
みんなで笑い合えたら
そしたら、いつの間にか
一日だって争いのない日々が
やって来るかもしれない

君は信じる事を知っているか？

みんな深刻な顔をしてる
奴を捕まえろって弁説してる
どっちが勝った、負けたって
どっちが正しいとか、そうでないとか
どっちも負けで
正しくなんかないんだよ

オギャーって声が聞こえるかい？
少しは静かにしてくれないか
醜いエゴの音が
喜びの声を掻き消してしまう

ユーモアのない奴が争いを起こすんだ
ユーモアのない奴が事を押し付けるんだ

今日だって新しい命が生まれているんだ
自分より大事なものが出来た時
その人は照れ臭そうにハニカミ笑うんだ

君はハニカム瞬間を覚えていますか？

その瞬間、
君は許す事を知るのではないですか？

ポエイン

言いたい事が溢れているなら、
溢れた分だけ紙に書けばいい
そしたら、それが詩になってるから

言いたい事が溢れているなら、
溢れた分だけ話してみればいい
それがあなたの本当の気持ち

きっと伝わる……
きっと伝わる……

人は僕を夢想家だと言うのかな？

それでも
また、同じ夢を見る……

著者プロフィール

河村 ヒロシ (かわむら ひろし)

1979年11月12日生まれ
山口県出身
日本大学経済学部卒業
音楽活動のかたわら、詩、評論を執筆
本書『君とスキップ、猿にチョップ』がデビュー作となる

君とスキップ、猿にチョップ

2003年4月15日　初版第1刷発行

著　者　河村 ヒロシ
発行者　瓜谷 綱延
発行所　株式会社文芸社
〒160-0022 東京都新宿区新宿1－10－1
電話 03-5369-3060（編集）
03-5369-2299（販売）
振替 00190-8-728265

印刷所　図書印刷株式会社

ISBN4-8355-5490-6 C0092